L O C U S

LOCUS

LOCUS

LOCUS

mark

這個系列標記的是一些人、一些事件與活動。

mark 36
嫉妒所未知的空白
作者：安妮・艾諾（Annie Ernaux）
譯者：張穎綺
責任編輯：湯皓全
二版增修：潘乃慧
封面設計：張士勇
校對：聞若婷
出版者：大塊文化出版股份有限公司
105022 松山區南京東路四段 25 號 11 樓
www.locuspublishing.com
讀者服務專線：0800-006689
TEL：(02)87123898　FAX：(02)87123897
郵撥帳號：18955675　戶名：大塊文化出版股份有限公司
法律顧問：董安丹律師、顧慕堯律師

書腰、前折口作者照：Francesca Mantovani © Éditions Gallimard

總經銷：大和書報圖書股份有限公司
地址：新北市新莊區五工五路 2 號
TEL：(02) 89902588　FAX：(02) 22901658
二版一刷：2022 年 12 月
二版二刷：2022 年 12 月
定價：新台幣 220 元
Printed in Taiwan

L'Occupation

嫉妒所未知的空白

ANNIE ERNAUX
安妮·艾諾 著 張穎綺 譯

目次

假使我能無畏無懼去經驗情緒的底限，或許，最終能夠徹底瞭解我自己，瞭解宇宙的真理，發掘那些不斷讓我們驚奇和痛苦的事情背後所隱藏的真相。

——珍．瑞絲

一直以來，我就渴望無所顧忌的書寫，彷彿預料作品出版的那個時候，我將已死去。如同告別人世前的絕筆，再也沒有外人的評判。

即使，相信只有死亡才能使真相現形，也許不過是個虛妄的幻想。

我醒來的第一個動作是抓住他在睡夢中勃起的陰莖，就此不放手，像緊緊握住一根樹枝。當時我心想：「只要抓住它，我在這世上再也不會惶然無措。」現在，讓我再來思索這句話的含義，我想我的意思是，除了用手緊緊握住這個男人的陰莖，我別無他求。

此刻他跟另一個女人同床共枕。也許她也做相同的動作，伸出手抓住他的陰莖。這幾個月以來，我老看見這隻手，我感覺那是我的手。

幾個月前，向W提出分手，毅然結束六年戀情的卻是我自己。出於倦怠感，也因為我好不容易才從十八年的婚姻脫身，著實沒法放棄重獲的自由，來回應他從剛開始交往就希望兩人住在一塊的強烈渴望。我們照樣互通電話，不時見個面。一晚他來電，宣布要搬出所住的套房，去和一個女人同居。今後要講電話——只准打他的手機（為了見面），晚上和週末一概不行。我宛如五雷轟頂，驚覺生活中冒出一個全新的元素。從這一刻起，另一個女人的存在侵占了我的存在。我只透過她來思考。

這個女人占據了我的腦海、胸膛、小腹。她如影隨形，左右我的情緒。同時間，她無時無刻不存在，讓我的日子過得澎湃激昂。她激起我前所未有的情緒，釋放出我的精力和我自以為欠缺的想像才能，讓我無時無刻不處於狂熱的活動狀態。

我，被占據了。她，讓我不得空閒。

這樣的狀態讓我避開日常生活的煩憂與不快。就某種角度看來，我藉此遠離現實生活慣有的平凡。即便是一般會令人心有所感的政治事件、時事報導，也讓我無動於衷。我想了又想，西元二千年那年夏天，除了協和客機起飛後墜毀在戈內斯鎮旅館的新聞，其他事我無一記得。

一方面是痛苦，另一方面是除了確認和解析這個痛苦、再也沒辦法運作的思考。

我得無所不用其極，取得她的姓名、年紀、職業和地址。社會用來界定個人身分的這些資料，雖被輕率認定無助於真正瞭解一個人，我倒發現它們舉足輕重。只有這些資料能讓我從一群毫無分別的女性之中，篩檢出某種外貌類型和社會地位，呈現出一個外在輪廓、一種生活方式，再組合出一個人的樣貌。當他勉為其難告訴我，她今年四十七歲，在教書，離過婚，有個十六歲的女兒，住在第七區的拉普大道，一個側影浮現了，一身端莊的套裝，髮型一絲不苟，就著微光在豪華公寓一角的書桌旁備課。

四十七這數目有了一個古怪的物質性。我看見這兩個數字，巨大地聳立，無處不在。我開始只用年齡大小、與我相對的老化程度來界定女人。在我眼中，介於四十到五十歲之間、一身高級地段住戶「簡單優雅」衣著的女人，都是另一個女人的化身。

我發現，凡是女教師都讓我深惡痛絕——雖然我當過老師，我的閨中密友也都從事這一行——我覺得女教師個個看來堅決果敢、毫無缺點。我回想起中學時代對女老師的觀感，她們給我的印象那樣強烈，我老覺得自己永遠也不可能走上教書這條路，變得和她們一模一樣。我情敵的形體，繁殖增生，和所有女教師的形體合而為一——女教師從來不曾如此適得其名。

在地鐵裡，任何四十年華、提著課袋的女人都是「她」，注視著她是種折磨。我感覺對方通常漠視我的注目，在下車前（我馬上默默記下這個站名）、從座位上站起身時，動作或多或少也有些猛烈，這樣毅然決然的姿態，像是對我這個人的全盤否定，彷彿是整段路程被我視為W新歡的女人、對我表示嘲弄的方式。

有一天，我想起J這個女人，她鬈髮下的雙眼閃閃發亮，正在大放厥辭，吹噓經歷過的春夢，如何讓她欲仙欲死轉醒過來。

另一個女人馬上取代了她的位置，我聽見、看見那個女人，肉慾滿溢，高潮不斷。彷彿，那些性愛本領一流、傲慢狂妄的女人，跟女性雜誌夏季性事特刊上的火辣照片如出一轍的那一類女人，全在對我耀武揚威——我不是她們其中一員。

我遇見的每一個女人，在我眼中一概變體為那個女人：無論我走到哪裡，都看得見她。

瀏覽《世界報》的婚喪告示版或是房屋租售廣告時，要是碰巧讓我瞧見「拉普大道」這四個字，我立刻聯想到那是那個女人所住的街道，這個念頭硬生生橫亙在我腦裡，揮之不去，我繼續翻看報紙，卻壓根不曉得自己讀進些什麼。介於巴黎傷兵院和艾菲爾鐵塔之間，涵蓋了阿勒瑪橋的那個地帶，在那個寧靜的高級住宅區內，有塊打死我也不願冒險進犯的區域，完完全全被那個女人所玷汙。它老是占據我的腦海。每天晚上，由我巴黎西郊住處的窗戶望出，燈火通明的艾菲爾鐵塔，總是不屈不撓為我指出它的所在，光束持續規律掃掠過那塊區域，直到午夜十二點，鐵塔熄燈為止。

有時我出於必要，不得不到巴黎拉丁區一趟。除了拉普大道，這裡是最可能撞見他和那個女人儷影雙雙的地方。我感覺自己正闖入一個充滿敵意的空間，莫名的監視目光由四面八方包圍而來。在我眼中，整個拉丁區都充斥著這個女人的身影，而我自己卻無容身之處。我感覺自己像是偷雞摸狗的入侵者。即便出於必要，得走上聖米歇爾大道或聖雅克街的當兒，也正好暴露出我想與他倆不期而遇的慾望。我感覺無邊無際的譴責目光如芒刺在背，那是整個巴黎對我的責難。

心懷妒意時最奇妙的一點在於，整個城市、整個世界只有一個人的存在——自己永遠無法碰上面的一個人。

當我難得恢復常態、另有所思的時候，這個女人的身影會陡然直撲而來，穿透我整個人。我感覺她的影像並非來自我的腦子，而是由外界闖入。簡直就像這個女人能夠隨心所欲，在我腦海裡鑽進鑽出。

平日在胡思亂想時——想像出外狂歡、度假、生日宴會等即將到來的愉快時光，那些提早為正規生活帶來樂趣的想像，總是驟然被自外界冒出的影像所取代。這些影像緊緊纏繞住我的胸膛。我再也擺脫不了幻想。我不再是原來的我。這個從未見過面的女人進占了我的身心。或者，就像某天我從一位塞內加爾人那兒聽來的用語，我「中蠱」了。

為了赴W的約，我會特別添些新裝，只有在試穿這些長褲、洋裝時，我才會感覺自己擺脫了控制。想像中W注視我的眼神，讓我回復為自己。

我開始因分手而痛苦。

就算另一個女人沒盤踞心頭的時候，我也飽受外在世界的利箭凜凜。這個世界一再喚起我倆共有的回憶，在現在看來，是再也無法還原的過去。

我倆熱戀時的情景，陡然浮現在記憶裡，就像交迭而來的電影片段，一幕幕飛掠而過，沒有結束。街道、咖啡館、旅館房間、臥鋪火車、沙灘，一切都在旋轉，交混在一起。排山倒海而來的景象，所代表的事實如此駭人，「我到過那個地方。」我感覺腦子任憑塵封的往事泉湧而出，我無能阻止記憶的流溢。彷彿回憶的巨獸，追究起我那些年的漠然，決意報復，打算將我吞噬。有時候，我感覺自己痛苦得要發狂。不過，還感覺得到痛苦就代表我沒瘋。我知道可以喝一大杯酒，或是吞顆安眠藥，好中止記憶的反覆迴旋。

生平第一次，我清楚認知到感覺和情緒的物質本性，感受它們的硬度、形狀，明白它們不受我的意識支配，擁有絕對的自主權。這樣的內在狀態恰可比擬某些自然現象：浪潮的洶湧起伏、山崩、深淵、海藻的繁殖。我明瞭有必要拿水和火來比擬，來作隱喻。即使是最老套的比喻，也曾經為某人所「經歷」。

流行歌曲或電台報導、廣告，不斷讓我墜入往日情懷。一聽到〈快樂婚禮〉（Happy wedding）、〈只是個好人〉（Juste quelqu'un du bien）兩首歌，或是烏斯曼．索（Ousmane Sow）的訪問（我倆曾一起在藝術橋上看過他的雕塑展），頓時讓我如哽在喉。聽到任何人離職或分手——比如某個禮拜天，得知一位女主持人要離開工作了三十年的ＦＩＰ音樂電台，就足以讓我激動莫名。我就像那些因疾病或沮喪而變得脆弱不堪的人一樣，對所有的痛苦感同身受。

某晚在月台上等待郊區火車時，我想起手提著紅色小皮包、正要跳軌自殺的安娜．卡列尼娜。

剛開始交往的日子裡，他曾經如何善用那「宏偉」的性器官，以及讓我一五一十記錄在私密日記裡的翻雲覆雨，尤其讓我記憶猶新。在我眼中，和他溫存的終究不是另一個女人，而是我自己，愛著他並篤定這份愛的自己，早已一去不復返的那個自己——遠在我們的戀情成為過往雲煙以前。

我想重新再擁有這一切。

藉口當初上片時不幸錯過了，我非得看電視上播映的一部電影不可。但我得承認，我根本不是為了這個理由才看。我曾經錯過一大堆院線片，幾年後電視重新播映這些片子的時候，我壓根也不感興趣。我想看《肉體學校》（*L'école de la chair*）的原因，在於它的劇情架構——貧窮的年輕男子，和比他年長的有錢女子之間的故事。這正是我和W的寫照，也是現在的他和另一個女人的關係。

不管情節如何發展，女主角一感到痛苦，呈現的正是我的痛苦，由女演員的身軀所背負、加倍折磨人的痛苦也是。因此電影一結束，我幾乎是如釋重負。某天晚上，我觀賞一部以戰後為背景、從頭到尾雨下個不停的日本黑白片。當時的我覺得自己陷入痛苦的深淵。我想，要是六個月前看到同一部電影，我會愉快地觀賞，由劇中人的痛苦、我未曾親身體驗的痛苦中，獲得深沉的滿足。事實上，只有不為情傷所苦的人，才能從觀影的過程中獲得心靈的滌淨。

偶然聽見〈我要活下去〉（I will survive）這首歌，我會呆愣無措。早在這首歌於世界盃足球賽傳唱以前，有好幾個晚上，我跟著它的旋律，在W的公寓裡瘋狂起舞。在他面前舞動身軀的當兒，重要的只有音樂的節奏和葛蘿莉亞．蓋諾（Gloria Gaynor）粗厲尖銳的嗓音。在我聽來，她的嗓音宣告著愛情戰勝光陰。現在，當我在超市裡聽到這首歌，一再反覆的副歌出現了新的意義——絕望：我也得活下去，非如此不可。

他不願透露她的姓或名。

這個未知的名字是個窟窿，是空白，我繞著它打轉。

我和他繼續見面，約在咖啡館或我家裡。面對我再三的詰問，有時是採用遊戲形式的問題（「她名字的第一個字母？」），他一概拒絕作答。他說自己不願被「牽著鼻子走」，也不忘補上一句：「知道了對妳有任何好處嗎？」即使我準備好要跟他唇槍舌劍一番，證明「想知道」這回事，便是生命、智慧本身的形式，最後還是口是心非地附和道：「沒有。」心裡其實想著：「有，所有的好處。」一念小學的時候，下課時要是老愛盯著哪個隔壁班的女生看，我就非得知道她的名字不可。青春期的時候，對象變成某個常在路上巧遇的男生。上課時，我會將他的姓名縮寫刻在桌子上。我覺得，只要知道這個女人的名字，我就有辦法靠某個字或名字的發音所激發的聯想，去想像某種性格，如此一來，便能在心裡建構起她的形象——即便大錯特錯也罷。知道另一個女人的名字，是失卻自我存在感的我，從她那兒攫取的一點東西。

他堅決不肯透露她的名字，也幾乎不提她的事。我認為他害怕我對她冷嘲熱諷，或是索性和他大吵大鬧一番——也就是說，他認定我任何壞事都幹得出來——這可恨的想法又加劇了我的痛苦。有時候，我會懷疑那是他的狡猾：刻意讓我受挫，好讓我對他重新燃起的慾望維持不滅。有時候，我認為他想保護她，不讓她進入我的腦海思維，彷彿那對她有害似的。不過，也有可能是「出於習慣」——小時候向同學隱瞞自己有個酒鬼父親，久而久之養成的習慣：掩蓋一切，即便是最不可能招來他人評斷的細節。抱持「不說就沒事」的一貫心態，他從中獲得傲慢害羞小子的力量。

找出另一個女人的名字，成為縈繞不去的念頭、無論如何要滿足的需求。

我還是向他套出了一些訊息。得知她是巴黎第三大學歷史系講師的那天，我急急忙忙連上大學的官方網站。看到依系別而分的師資陣容裡，人名底下附有電話號碼，我感到一種不可思議、荒謬的幸福，任何學術發現所獲得的快樂，也及不上當時。我點取一個又一個網頁，漸漸感到洩氣：即使歷史系的女性教師人數比男性少，我也沒有半點線索能從名單中認出她來。

一從他嘴裡套出新線索，我便立刻上網展開持續不懈的迂迴搜尋。網路突然在我的生活中占有一席之地。得知她的博士論文主題是加勒底人，我在搜尋引擎打下「論文」這個字眼去找她。點選了學科、論文答辯等一堆不同的類別，最後出現巴黎第三大學一位古代史女講師的名字。盯著螢幕的字母，我愣在那兒。這個女人的存在成為無法否認的殘酷事實。好比一尊雕像出土一樣。接著，我感覺到無比的平靜，還有空虛，像是剛考完試的那種茫然若失。

稍後疑惑突地襲來，我用迷你電話電腦（Minitel）搜尋電話號碼。經過一番搜索，我發現那個講師住在凡爾賽，而不是巴黎。所以那個人不是「她」。

每次腦中猛然浮現對那個女人身分的全新假設，我的胸膛馬上像挨了一擊，雙手發熱，對我來說，這樣的生理反應，和學者、詩人的靈光乍現毫無二致。

某天晚上，我感覺講師名單上的某個人應該是她。我立刻上網搜尋，看看她是否寫過和加勒底人有關的書。在某個網頁上，提到一篇撰寫中的論文《聖徒克雷蒙骨骸的移送》。我快樂得要命，想像自己對W說：「聖徒克雷蒙骨骸的移送，多扣人心弦的主題啊！」或是：「好一篇人人引頸期盼的論文哪！世界將因此而改變呢！」我在心裡構思各種惡毒的諷刺，好用來奚落另一個女人的認真研究。直到其他跡象顯示，她不可能是這篇論文的作者。加勒底人、聖徒克雷蒙、教宗和殉道者之間，顯而易見並沒有任何關係。

我想像自己照著費心抄下的那張電話名單，打遍第三大學每位女講師的電話。先撥三六一五，如此一來對方就看不到來電顯示。接通後開口問：「請問W在家嗎？」如果回答正好是「在」，我就裝出粗俗的聲音，利用他無心透露的健康問題，問道：「死胖子，你的鬼疱疹好了沒？」

在這些時刻，我感覺自己像原始人般野蠻，大可做出任何事。沒有社會規範來抑制我的衝動，我不會只安於上網找她的名字，而會拿把上了膛的手槍指著那個女人，大罵：「他媽的賤貨！賤貨！賤貨！」再說，四下無人時，我有時會這麼大嚷，但不拿手槍。其實，我的痛苦在於自己無法殺了她。我羨慕古代的道德風俗，在那個野蠻的社會，可以綁架人，甚至殺人，三分鐘就搞定一切，了結對我而言無止無境的痛苦。我這下可以理解法庭對於情殺事件的寬容，以及法官判刑時的躊躇。懲處殺人犯的律法，是出於維護社會運作的必要性，卻和發自內心深處的渴望背道而馳：殺掉侵占身心的那個人。那些飽受痛苦折磨的人所採取的最後行動——奧賽羅和羅珊妮的行動，法官們其實不願定他們的罪。

那是為了尋回自由，為了拋除內心的沉重負荷；我的所作所為無不以此為目的。

我想起和W相識後，被他拋棄的那個女孩。她曾怒氣沖沖對他大嚷：「我會讓你渾身插滿針。」把小人像當土司麵包、在上頭插針，在我看來，簡直愚蠢到家。同時間，想像自己手捧舊情人的雛像，小心翼翼地在頭部或心臟部位插針的景象，就像目睹別人的蠢行，是個可憐小白癡的行為，我可不能「淪落到這種地步」。不過想要淪落到那個地步的念頭，倒是顯得無比誘人又教人心驚膽顫，就像俯臥在高高的屋頂上頭，意識到自己內心其實在顫抖。

（也許，我這個書寫的動作，跟插針沒什麼兩樣。）

總之，不久以前才讓我譴責或恥笑的行為，全變得可以接受。「怎麼做得出這種事！」，變成「我也可以這麼做！」。我的態度及我的偏執，被我拿來和一些社會新聞的主角做比較。比如有個年輕女人，用電話騷擾舊情人和他的新女友好幾年，在答錄機留言留到爆。許多女人在我眼裡，都是W新歡的化身，而我將自己的形象，投射在那些無所不用其極的瘋婆子身上。（這整篇文章，在不知不覺間，不正是印證了我的瘋狂？）

白天，我能夠抑制想知道她姓名的慾望。夜晚一到，防禦心一鬆弛，慾望再次浮現，比任何時候都來得強烈。彷彿白日的活動讓慾望無從活躍，要不就是暫時讓理性減弱它的強度而已。夜裡，我不再像白天那樣全力抵抗慾望的誘惑。這是我給自己的獎賞，彷彿一大早就嚴格實行節食的胖子，到了晚上縱容自己吃一條巧克力。

我想打遍她那棟公寓每戶人家的電話（我從迷你電話電腦查來的每一個號碼），那是我最瘋狂駭人的慾望。聽見可能是她的聲音，便能立即感受她的真實存在。

某天晚上，我撥了每一支電話號碼，沒忘記先按三六五一。有的是答錄機，有的沒人接聽，有時是陌生男人說「喂」的聲音，我一聽到便馬上掛斷。如果是女人接聽，語調平淡又堅決時，我便問W在不在。對方錯愕以對或是回說沒這個人時，我便說自己撥錯電話。將慾望付諸行動，是多麼令人興奮的背德行為。我認真地在每支號碼旁記下接話人的特點，是男人或女人、有無答錄機、是否有所猶豫。有個女人聽到我的話，一語不發馬上掛斷。我確定那就是她。後來，我又覺得光憑這點來評斷，還不夠充分。「她」的號碼應該列在「紅色名單」上，查不到吧。

其中有個女人在答錄機上留下手機號碼，她叫多明妮克．L。我決定不放棄任何機會，隔天便撥了電話。愉悅的女人聲音說著「喂」，顯露出一通來電讓她多麼興奮。我不發一語。手機裡的聲音，突然變得驚慌，一遍又一遍說著「喂」。最後，我什麼都沒說就掛斷了。自己隔著一段距離，竟然能夠輕易讓他人心慌意亂；發現自己擁有這惡魔般的力量，讓我深感不安，卻也驚嘆不已。

我的行為、我的慾望，是崇高或可恥呢？當時的我、現在書寫中的我，都不會捫心自問。我相信，不去提出這個問題，才最有可能觸及真相。

就在我感到毫無進展的時候，突然又出現一些線索。我總有辦法將毫不相干的事情聯想在一起。他打電話來更改約會日期的那個晚上，我聽見氣象播報員提到隔天是多明妮克節。我斷定那個女人就叫多明妮克：隔天是她的節日，所以他沒辦法來我家赴約。他們要一起去吃頓燭光晚餐，做些事情慶祝吧。好個靈光乍現的推論。一切顯得如此合情合理，不容置疑。一聽見多明妮克四個字，我的手驀地變得冰冷，渾身火氣上升，在在證明了這項推論的正確性。

汲汲於找出她的名字，從種種蛛絲馬跡間找出關聯性，在旁人看來，這些行為無異於瘋狂。我倒是看見其中的詩歌功能，與文學作品、宗教和偏執行為如出一轍的詩歌功能。

我也忠實寫下我所經驗的嫉妒情緒，追捕、記錄那個時期的慾望、感覺和行為。對我來說，那是將腦海裡縈繞不去的執念具體化的唯一方式。我老是害怕遺漏了某件重要的事。總之，書寫就像化為實體的嫉妒。

某天早上，我兒子的一位女性朋友F打電話給我。她剛搬家，想告知我新家的地址。她的房東邀她喝過茶，借她書，是巴黎第三大學的歷史系教授。閒談中突如其來的這些字眼，簡直是絕妙的巧合。經過幾個禮拜徒勞無功的搜尋，F稚嫩的聲音宣告了另一個機會，讓我可以查出那個女人的名字。那個女人和F的房東在同一所大學的同一個科系教書。不過，我認為不可能讓F

參與我的調查，如此一來會暴露我的好奇心，而她必然會察覺其中的不尋常與牽涉到的感情問題。掛上電話後，儘管已經下定決心，我還是忍不住想再打電話給F，請她向房東打聽那個女人。我不自覺在腦中擬好說詞。數小時以後，想滿足好奇心的慾望，終於戰勝需要暴露自己的恐懼：那天晚上，經過一番內心交戰，我毅然撥了F的電話號碼。我告訴自己，這樣做不只沒有錯，更是勢在必行。撥號的時候，我熱切期望她會在家，能將演練了一個下午的句子說出口：「F，我有件事想拜託妳！很浪漫的一件事！妳能幫我問一個名字嗎？」……

每次胸有成竹時，我總能達到目的。交付完F任務，我感覺全身虛軟，整個人像被掏空一般。調查結果如何，我幾乎已不在乎。得到的答案讓我產生新的疑惑：F的房東說不認識那位講師。我認為她在說謊，她認識那個女人，她想保護她。

我在日記裡寫下：「我再也不要見他。」寫下這些字句的時候，我不再感覺痛苦，讓我誤以為，嫉妒和失落的情緒已經蕩然無存。然而，寫作只是減輕了原來的痛苦。還沒闔上日記本，慾望又來折磨；我想知道她的名字，知道所有跟她有關的事，還有只會讓我更加痛苦的一切。

每次他到我家來，在他去廁所的當兒，他放在玄關的公事包對我是巨大的誘惑。裡頭一定裝著我渴望知道的一切，名字、電話，甚至還有照片。我躡手躡腳走近，盯著這個黑色物品出神，屏住呼吸，想伸出手碰觸，卻又做不到。我想像自己拿著它躲到花園裡，像扒手一樣，胡亂掏出裡頭的東西，直到找到想要的東西為止。

只要偷偷溜到這個女人在拉普大道的住所，我就能輕而易舉得知她的身分。為了通過那棟樓的密碼大門，我還打算到同棟樓的婦產科診所看病。不過我怕被他撞見，或是同時和他們兩人狹路相逢。如此一來，可不就暴露出我這個失戀女人的徬徨無依，顯示我還想被愛的渴望。我也大可僱個私家偵探。不過，這樣一來又得將自己的慾望攤在他人眼前，更何況，徵信這個行業一直讓我嗤之以鼻。那麼，只有靠我自己的力量或是意外巧合，才能找出這個女人的名字。

書寫中的我也在暴露自己的執迷和痛苦，但那跟親身到拉普大道走一趟所面臨的暴露迥然不同。書寫，就是不被看見。將我的臉孔、身體、聲音——也就是構成我這個人的一切特徵，暴露在某個人眼前，讓他目睹我的頹喪消靡、自暴自棄，我怎麼樣也無法想像，甚至感到殘酷。相對而言，正在書寫這些文字的我，對於暴露、探索自己的瘋狂執迷，並沒有感到半點不自在，頂多是不在乎。老實說，我根本沒有感覺。我只是竭盡所能去描述嫉妒啃噬下的所思所為，將私密、個人的內在情緒，那些無以名狀的種種，轉變為清楚、具體的東西。我的文字裡所表現的不再是我的慾望、我的嫉妒，而是嫉妒和慾望本身。寫作中的我像是隱形了。

打手機給他的時候（他當然沒給我那個女人的電話號碼），他有時會嚷嚷：「我剛剛才想起妳呢！」這句話一點也沒讓我開心，也沒讓我覺得兩人心有靈犀，反而聽起來刺耳得很。我只聽到這樣的意涵：在其餘時間，他不會想到我。而我說不出口的一句話是：從早到晚，他和她占據了我的思維。

在談話中，他偶然會冒出一句：「我沒跟妳說過嗎？」接著不待回答，就繼續述說自己這幾天的生活和工作。這虛偽的一問馬上讓我心情低落。這代表他已經和另一個女人分享過這件事。她就在他身邊，永遠能第一個得知他遇到的事，微不足道的、重要的、所有的一切。而我呢，頂多排在第二順位。我已經喪失即時和他分享一切的權利，讓情侶之所以為情侶的分享——腦子裡的想法、所有的遭遇。「我沒跟妳說過嗎？」這句話將我劃歸到偶然相見的親友圈。第一個和他分享每日生活點滴、地位無可取代的那個人，不再是我。「我沒跟妳說過嗎？」這句話將我貶為可有可無的聽眾。「我沒跟妳說過嗎？」這句話的意思是：我沒有必要告訴妳。

而我，依舊在內心描述著每日所見所聞，像是給不在身邊的愛人的耳語呢喃。但是我很快就發現，我的日常生活已經不再讓他感興趣。

像他這樣年方三十的男人，可以選擇的對象何其多，他卻挑了一位四十七歲的女人，教我情何以堪。從他的選擇足以證明，他所愛的，並不是我自以為獨一無二的那個我，而是任何一個成熟的女人。她們通常經濟狀況良好，或者散發母性的光輝，或是在床笫間無比溫柔。我發現自己是可以被取代的。我當然也可以換個角度思考，承認正是他的年輕特質，造成我對他的依戀。不過我一點也不想保持客觀。我靠自我欺瞞來對抗絕望。

在某些社交場合中，聽到別人對我工作的肯定，照理說我應該洋洋得意，自認比那個女人優越。然而，我像個局外人般無動於衷。別人對我的評斷、想像，別人看待我的方式，就算大大滿足我的虛榮心，也絲毫無法與她的存在相抗衡。在嫉妒心作祟下，和她相比，我永遠自慚形穢。不只是我的外貌、身材差人一截，我的所作所為、我這整個人也都一文不值。連那個女人家裡看得到巴黎首映頻道這回事，也讓我深感受辱。知道她不會開車，從沒考過駕照，對我而言，那代表她對日常瑣務全然不感興趣，也就是智識層次高我一等的表徵。而我呢，二十年前就拿到駕照，和大家一樣年年開車到西班牙做日光浴。

想像那個女人發現他和我還有往來，比如說，他不久前才送我整套內衣當生日禮物，算是我唯一感到快樂的時刻。我感到如釋重負，沉浸在真相被揭露的狂喜中。痛苦總算轉移到別人身上。想像她的痛苦，讓我暫時擺脫自己的痛苦。

一個週六晚上，走在聖安德烈藝術街的我，回想起和他在這一帶共度的週末。平淡、不特別讓人興奮或快樂的週末，只像例行公事。所以得有另一個人的存在、另一個人對他的慾望，才有足夠強大的力量來消除我的倦怠感，以及讓我忘懷提出分手的原因。我得承認，現在的我只在乎屁股，目前這個世界上最重要的事，是另一個女人的屁股。

今天，因為他，我寫下這些文字。

最強烈的傷痛、最巨大的幸福，無疑都是由他人所左右。我瞭解，這樣的狀況會令某些人害怕，竭力去避免讓它發生。戀愛時不投入太多感情，以共同興趣為基礎，諸如相同的音樂品味、政治立場和夢想。或者找許多性伴侶，作為單純滿足肉慾的對象，不分享生活。即使我的痛苦如此可笑，和疾病或其他不幸所導致的痛苦相比，甚至顯得微不足道，然而，這樣的痛苦對我來說像是奢侈品，比起生命中波瀾不興或功成名就的時刻，我還更喜歡當下所承受的痛苦。

這樣看來，念完書、成家立業，也生過小孩的我，在完成應盡的社會義務後，總算能全心投注於生命本質的東西，自青春期後就消逝不見的東西。

他的每一句話都深具意義。聽到一句「我在索邦大學工作過」，我的理解是「他們一起在索邦大學工作」。他的一切話語都需要破解、有待詮釋，然而，無法印證這番詮釋的正確性，令我痛苦不堪。原本毫不在意的一句話，到了夜裡可能讓我輾轉反側，只因乍然領悟其中令人悲痛的含義。語言一般的溝通功能成為次要，我只在意它的象徵功能。一切言語只象徵一件事：他是愛她，還是愛我。

我一一寫下對他的不滿。每一項指責都帶給我強烈而短暫的滿足感。幾天後接到他的電話，我放棄一一數落他過錯的念頭。有意義嗎？如果他願意承認這些過錯，必定是對我仍有所求。然而，他對我再無所求，也許頂多希望我不要再煩他吧。

在慾望驅使下，女性雜誌裡的陳腔濫調都成為我的論據基礎。所以我認為，這個女人的女兒一定難以忍受母親有個年齡懸殊的小情人；要不就是女兒會愛上他，將大家的生活搞得一團亂，諸如此類的老套情節。

走路的時候，做家務的時候，我在腦海裡拼湊著各種理由，要證明他落入圈套，要說服他回到我身邊。一堆點子毫不費力從腦中湧出，源源不絕，別的問題恐怕引不起我這般的狂熱吧。和他剛開始交往時，我總不停在心裡想像和他溫存的畫面。現在的我已不願再去回想，所有的綺麗幻想再也不可能實現。那些快樂、幸福的白日夢已被枯燥、乏味的論據所取代。每每在電話裡和他據理力爭，他一句輕描淡寫的「我討厭壓力」，就粉碎我精心建構的長篇大論，更突顯我的論點是如何矯揉虛偽。

唯一真實的事，也是我永遠不會說出口的一件事是：「我想和你做愛，讓你忘記另一個女人。」所以其餘的一切，嚴格說來都是謊言。

某個靈光乍現的論點，無異道盡真相。「你心甘情願被這個女人征服，但你從來不讓我征服你。」藉由這句話，我想傷害他，逼他抵制我的依賴。我滿意字句的簡潔有力，我想馬上說出「殺人」的句子，將精心琢磨的完美台詞，由幻想的舞台帶到現實的舞台。

非做某件事不可，而且是馬上去做，刻不容緩。我老感覺到這股衝動，這股構成瘋狂和痛苦狀態的衝動。得等到下回通電話的時候，才能用剛發現的事實、剛想到的句子給他致命一擊，這多麼教人難以忍受。彷彿隨著時光流逝，事實將不復為事實。

同時間，我也期望藉由一通電話、一封信或是寄回合照，來擺脫痛苦，完完全全地超脫。不過，在我內心深處，也許並不願超脫，反而要維繫給生活帶來意義的這份痛苦。我的所作所為，全是在逼迫他回應，如此一來便能和他繼續痛苦的糾纏。

行動的衝動通常伴隨著再三的考慮。寫信還是打電話？今天，明天，再等一個禮拜？說這件事好，還是那件事？最後，也許認為再做思考也無助益，我改抽撲克牌或小紙條決定。看到答案時究竟是滿意或遺憾，能讓我明白心底真正的渴望。

我有時會壓抑想打電話的衝動，拖個一天、甚至好幾天再行動。等電話一通，我不自然的聲音、不知所云或是充滿敵意的字句，破壞了原本預期的效果。我感覺W一眼就能看穿我的企圖。

他每每迴避我的問題，也無意改變現況，安於周旋在兩個女人之間。我氣得口不擇言：差一點就要破口大罵，好發洩痛苦——「王八蛋，去和你的婊子在一起。」我淚如雨下。

七年不見的L回來法國一陣子。某個週日下午，我和他相約去看戲。回到他父母家，我們情不自禁在客廳沙發上做愛。他說我真美，口交技巧非常棒。開車回家的路上，我想著，剛剛發生的事還不足以讓我解脫痛苦。上床可以帶來的「情感洗滌」作用——正如一首淫穢歌曲所表達的：「來吧，把你的老二插進來，讓我們做個了結……什麼都不用再說。」——我所期待的這個作用，並沒有發生。

（性愛於我不只是性愛，我期待的不僅是肉體享樂，還有愛情、水乳交融、永恆、書寫的渴望。到目前為止，我最大的收穫，毋寧是清楚的頭腦和意識，能夠不帶個人情緒看待周遭的人、事、物。）

秋天參與一場學術研討會時，我注意到聽眾席的第二排坐著一位褐色短髮的女人。她看起來個子不高，四十出頭，散發優雅、嚴峻的氣質，一身深色套裝，目光不斷投注在我身上。她的身邊擱著一個皮質的背包。我馬上確定就是她。別人發表學術報告時，我們不斷互瞄對方，目光不巧碰上就馬上轉開。在辯論時間，她要求發言，以沉穩的聲音，提出一個跟我有關的問題。不過，她發問的對象不是我，而是我隔壁的人。她對我的刻意忽視，無疑是再明顯不過的證據：那女人就是她，她在大學布告欄看到這次研討會的消息，發現我的名字，想來瞧瞧我是何等模樣。我低聲問隔壁的人，知不知道這個女人是誰。他們都不曉得。下午她沒再出現。研討會的這位棕髮陌生女子，從此被我當作那個女人。我心安了，甚至還覺得快樂。接下來，我認為證據恐怕還不夠。那個女人確實出現過，我有人證。然而，我在研討會發現的這個身軀、聲音和髮型，都和我幾個月來的想像不謀而合。但是那個女人也有可能個性害羞，一頭金色波浪鬈髮，身穿尺寸四十四的紅衣裳，只不過我根本無法相信。這樣的一名女子形象，從來不會在我的腦海裡出現過。

某個週日，我走在P藝術中心旁空蕩蕩的街道。加爾默教堂的大門開著。我第一次走進去。一個男人雙臂交叉，趴在一尊雕像前，正在高聲朗誦聖詩。和這個男人的痛苦相比，我的痛苦顯得一點也不真實。

有時候我會想，要是他突然對我說「我要跟她分手，回到妳身邊」，在片刻的興奮狂喜後，我的內心應該會感到筋疲力盡吧，就像做愛後全身鬆弛的那種感覺。到時我會納悶，自己何苦要得到這個結果。

現在，我老想像他的日常生活，而他的陽具擱在那個女人腹上的景象，反而不常出現在腦海裡了。談論日常生活的時候，他總是小心翼翼，只使用「我」，聽在我耳裡卻變成「他和她」。將他們兩人相繫的不再是性行為（那已成為慣常的行為，不斷在沙灘、辦公室一角和賓館房間上演的激情），而是他中午替她買的長棍麵包，堆在洗衣籃裡的內衣，兩人邊吃義大利肉醬麵、邊收看的夜間新聞。在我視線所不及的地方，他慢慢被馴化、收編。兩人共享的早餐、放在同一個杯子的牙刷，就像互相在對方體內受胎，在我看來，懷著兩人愛情結晶的是略微發福的他。共同生活有時會讓男人變胖。

我和他交往時所恐懼的便是不知不覺養成的日常習慣，然而，這些日積月累的習慣，顯得如此根深柢固、不可動搖。所以有些女人非得讓喜歡的男人搬來家裡不可，哪怕將來會吵架、不滿對方，甚至過著悲慘的日子，也在所不惜。

「來！說妳愛老二。——不是老二，是妳的老二。」這類從前和他的挑逗呢喃，我想在電話裡再次對他耳語，然而最後總是作罷。對他來說，那只是索然無味的淫言穢語，激不起他的性趣。他就像面對拉客妓女的已婚男子，大有可能這麼回答我：「謝謝妳，不用了，我家裡已經有女人。」

不再讓另一個人占據心頭，破除幾個月來的魔咒，就像穿越一道門，走進另一個房間，或者就像走到街上一般簡單吧。這樣的念頭越來越常浮現心頭。不過還少了些什麼，我不曉得欠缺的這個東西會從哪裡出現——從天而降、外界，還是我自己身上。

某個午後，我和他約在聖菲利普地鐵站旁的咖啡館。那天天氣冷冽，店裡暖氣不強。吧台下半部鑲著幾面橢圓形鏡子，顯得有點古怪。由我所坐的位置，我看到自己的雙腿映在其中一面鏡子上。我的襪子太短，褲腳下方露出一截白皮膚。這一生有多少次，我坐在咖啡館裡，為了一個男人難過。而眼前這個男人，像往常一樣，談話時措詞小心，語帶保留。我們在地鐵站道別。他要回到另一個女人身邊，回到我永遠也進不去的公寓，繼續和她的親密生活，一如我倆曾經共享的那樣。走下階梯時，我一再對自己說，這一切多令人心痛。

隔天夜裡，我突然從睡夢中驚醒，心臟撲撲直跳。我只睡了一個小時。痛苦和瘋狂盤踞著我，我無論如何得擺脫。我下了床，穿過客廳走到電話旁，撥了他的手機，留言：「我不想再見到你。我根本不在乎！」就像衛星通訊的效果，我聽見自己的聲音，假裝輕快的語調伴著歇斯底里的低笑。回到床上，我仍然飽受痛苦的折磨。來不及吃安眠藥了。我回想小時候念過的禱詞，一遍遍複誦，寄望它們仍有從前的作用，幫助我擺脫或減輕痛苦。我自慰讓自己高潮，好達到同樣的目的。在天亮以前，痛苦彷彿無止無境。

我趴在床上，開始幻想各種辭彙，如石頭般堅固、不可動搖的辭彙。然而，一個個字母在舞動，聚在一起，又散去，像在麵湯裡載浮載沉。我非得抓住這些字句不可，我只有靠它們才能獲得解脫。我害怕遺忘這些字句，不記下它們，我就脫離不了瘋狂的狀態。我扭開燈，翻開床頭書《簡愛》，將這些話草草寫在首頁。凌晨五點。睡或不睡都無所謂了。我寫下分手信。

隔天，我重新把信謄好。那是簡潔明瞭的一封信，不帶心機，也不要求回信。我想自己剛度過「魔女狂歡夜」（Nuit du Walpurgis classique），讓我引用魏崙（Paul Verlaine）這首詩的標題吧，即使我不知道這首詩的真正含義，也忘了它的內容。

（像替學校的作文下標題一樣，為生命中的一段日子下標題，也許是掌控這段時期的方式？）

他沒有回信。接下來，我們通過幾次電話，純粹的寒暄。後來連電話也不打了。

有時候，我會想起他的陽具，就像和他第一次做愛時所見到的一樣。我躺在床上，在我眼前，他充血的陽具挺立在小腹之上，巨大，有力，尾端脹大。回想這麼一幕，彷彿那是電影裡陌生人的陽具。

我去做了愛滋病檢驗。就像我在青春期會去懺悔，那是某種淨化儀式，已然成為我的習慣。

我再也不想知道另一個女人的名字，或是任何和她有關的事（我得事先聲明，我婉謝各位可能好心提供的資訊[1]）。我遇見的每個女人，不再是她的化身。走在巴黎街頭，我再也不會保持警戒。收音機播出〈快樂婚禮〉一曲時，我不再轉台。有時我覺得自己就像那些戒掉菸癮或毒癮的人，彷彿失卻了些什麼。

書寫，能夠幫我記錄不復存在的感覺，一種曾經控制我整個人的感覺。不過那段日子已經結束，成為《嫉妒所未知的空白》

1. 基於保護隱私或其他原因，我以姓名縮寫當作代號，若是加上太過清楚的地點描述，足以讓人對號入座。

這本書。

因嫉妒而來的各種想像，既讓我飽受折磨，也像個冷眼旁觀的觀眾。我終於從其中逃脫而出。現在的我，不再一一回想兩人一同去過的地方，不再一一寫下翻騰的思緒，不再冀望透過這些激烈、痛苦的語句，得到真相——還有幸福。是的，得到幸福。

那個女人的模樣和姓名，那些我所未知的空白，我以文字來填補。過去六個月來，這位新歡如常地化妝、上課、說話和做愛，完全沒有意識到自己活在另一個女人的腦海裡，左右著另一個女人的所作所為。

今年夏天，我重返威尼斯。再次拜訪了聖史帝芳諾教堂、聖托瓦索教堂、慕丹餐廳，當然還有札特碼頭區；所有和W一道去過的地方，我一一舊地重遊。卡欣娜旅館的別館中，我和W住過的那個房間，陽台上再也不見花朵，百葉窗也被拉下。別館樓下的古奇洛咖啡館，鐵門緊閉，招牌也不見蹤影。卡欣娜旅館的人告訴我，別館已在兩年前結束營業，那棟房子大概會改裝成公寓出售吧。我繼續走向海關大樓，大樓正在施工，無法入內參觀。我在「鹽倉」牆邊坐下。在那裡，運河的水不時溢上碼頭，形成一處處水窪。運河對岸的吉烏德卡島上，聖喬治教堂和還願教堂罩著篷布。龐大漆黑的史塔基舊磨坊，聳立在島嶼另一端。

寫於二〇〇一年五至六月、九至十月間

附錄

編輯說明

二〇〇三年，大塊文化出版了安妮・艾諾兩本自傳體小說《嫉妒所未知的空白》（*L'Occupation*）、《記憶無非徹底看透的一切》（*L'Événement*）。艾諾以第一人稱的「我」發聲，以私小說的形式，赤裸坦誠地挖掘、暴露、解剖自身的慾望，呈現一種不矯飾造作的女性敘事聲音。由此，深入探討女性身體自主與社會道德標準之間的扞格與掙扎、個人記憶與書寫的關係，更直面身為人的最深沉慾望。

二〇二二年，諾貝爾文學獎頒給了這位從二十歲開始以文字刻畫外在與內在世界的法國作家。大塊文化特地重新出版安妮·艾諾的兩本著作，期望她特殊的寫作觀點與文學技法能為新世代帶來啟發，尤其是個人心理探索過程中與社會環境變遷的對話與引用。

二〇二二年諾貝爾文學獎獲獎理由——

「安妮·艾諾發揮了勇氣和手術刀式的精準筆法，掀開個人回憶的根源、疏離與集體束縛。」

安妮・艾諾生平大事記*

一九四〇年 九月一日生於諾曼第利勒博納（Lillebonne）。父母開咖啡店及雜貨店。

一九五八年 十八歲離家，去兒童夏令營打工。

一九六〇年 到倫敦當互惠生（au pair），在寄宿家庭擔任保母工作，開始嘗試寫作。後來她將這段經歷寫進《女孩的故事》（*Mémoire de fille*）。返法後，在盧昂大學主修文學，後轉往波爾多。

* 資料來源：安妮・艾諾作家介紹網站（https://www.annie-ernaux.org）、維基百科（https://en.wikipedia.org/wiki/Annie_Ernaux）。

一九六七年　父親過世。

一九七一年　完成現代文學的高等學位。

一九七〇年代　取得教師資格之後，先後在安錫、朋特瓦茲的幾所中學任教。

一九七四年　第一部作品《空衣櫥》（*Les Armoires vides*）問世。

一九七七年　加入國家遠距教育中心，任教長達二十三年。

一九八四年　《位置》（*La Place*）榮獲荷諾多獎。

一九九八年　《羞愧》（*La Honte*）入選《出版人週刊》年度好書。

二〇〇八年　《歲月》（*Les Années*）出版，被視為艾諾的頂峰之作，獲頒諸多獎項，包括莒哈絲獎及莫里亞克獎。

二〇一七年 艾諾以《歲月》獲頒尤瑟納獎，表揚創作成就。

二〇一九年 《歲月》入圍國際布克獎。

二〇二一年 改編自《記憶無非徹底看透的一切》的電影《正發生》榮獲第七十八屆威尼斯影展金獅獎。

二〇二二年 獲頒諾貝爾文學獎，為此獎頒發的第一位法國女性作家、第十六位法國作家。

重要作品列表*

Les Armoires vides, 1974（空衣櫥）

Ce qu'ils disent ou rien, 1977（他們所說的話語或虛無）

La Femme gelée, 1981（冰凍的女人）

La Place, 1983（位置）

Une Femme, 1987（一個女人）

Passion simple, 1991（簡單的熱情）

Journal du dehors, 1993（外在日誌）

* 按出版時間排列，除已有中譯者，書名皆為暫譯。

La Honte, 1997（羞恥）

«Je ne suis pas sortie de ma nuit», 1997（「我還沒有離開我的夜晚」）

La Vie extérieure: 1993–1999, 2000（外部生活）

L'Événement, 2000（記憶無非徹底看透的一切）

Se perdre, 2001（沉淪）

L'Occupation, 2002（嫉妒所未知的空白）

L'écriture comme un couteau, 2003（像刀一般的書寫）

L'Usage de la photo, 2005（相片的用法）

Les Années, 2008（歲月）

L'Autre fille, 2011（另一個女孩）

L'Atelier noir, 2011（黑暗的工作室）

Écrire la vie, 2011（書寫生活）

Retour à Yvetot, 2013（回到伊沃托）

Regarde les lumières mon amour, 2014（我的愛，請看光）

Mémoire de fille, 2016（女孩的故事）

Hôtel Casanova, 2020（卡薩諾瓦飯店）

Le jeune homme, 2022（年輕男人）

國家圖書館出版品預行編目資料

嫉妒所未知的空白／安妮・艾諾（Annie Ernaux）著；
張穎綺譯. -- 二版. -- 臺北市：大塊文化出版股份有限
公司, 2022.12
88面；14.8×20公分. --（mark ; 36）
譯自：L'Occupation
ISBN 978-626-7206-30-0（平裝）

876.57　　111017200

LOCUS

LOCUS

LOCUS

LOCUS